中國書店藏版古籍叢刊

六一詞

中國書店

出版説明

《宋六十名家詞》，明毛晋編。

毛晋（一五九九—一六五九），原名鳳苞，後改名晋，字子晋，别號潜在，江蘇常熟人。少爲諸生，嗜讀書和宋元精本名抄。年輕時即從事編校刻書，於故里構築汲古閣，專門收藏和傳刻古書，直至去世。所刻書籍，流布甚廣，著名的有《宋六十名家詞》、《十三經注疏》、《十七史》、《六十種曲》、《津逮秘書》等。

《宋六十名家詞》共分六集，包括自晏殊《珠玉詞》至盧炳《烘堂詞》共六十一家。所刻詞集的先後次序，按得詞付刻的時間爲準，不依時代排列。每家詞集之後，各附以跋語，或説明版本，

或介紹詞人，或進行評論。自該書刊刻以來，成爲流傳最廣的宋人詞集之一，是研究詞學的重要叢書。至清光緒年間，錢塘振綺堂汪氏有感於《宋六十名家詞》汲古閣原本日漸稀缺，乃據以翻刻刷印，以便學人。

今鑒於詞集豐富的文學、藝術價值，中國書店據清光緒錢塘汪氏振綺堂刊本擇取部分詞集刷印。由於年代久遠，原版偶有殘損，刷印時特參照原書對殘損之頁進行了必要補配，以保持完整。該書的出版，不僅爲學術研究、古籍文獻整理做出了積極貢獻，也爲雕版刷印古籍的收藏者提供了一部珍稀的版本。

中國書店出版社
壬辰年夏

題六一詞序

情動於中而形於外言人之常也詩三首篇如俟城隅望復關標梅實贈勺藥之類聖人未嘗刪焉陶淵明閑情一賦豈害其爲達而梁昭明以爲白玉微瑕何也公性至剛而與物有情蓋嘗致意於詩爲之本義温柔寬厚所得深矣吟詠之餘溢爲歌詞有平山集盛傳於世曾慥雅詞不盡收也今定爲一卷其淺近者前輩多謂劉煇僞作故削之郡人羅泌

六一詞

目錄

採桑子十三調　朝中措一調
歸自謠三調　長相思三調
訴衷情一調　踏莎行二調
望江南一調　減字木蘭花五調
生查子二調　瑞鷓鴣一調
阮郎歸五調　蝶戀花十七調
漁家傲三十調　玉樓春廿九調
南歌子一調　御街行一調
虞美人影二調　臨江仙二調
聖無憂一調　浪淘沙五調
定風波六調　驀山溪一調
浣溪沙九調　御帶花一調
虞美人一調　鶴冲天一調
夜行船二調　洛陽春一調
一叢花一調　雨中花一調
千秋歲一調　越溪春一調
賀聖朝影一調　洞天春一調
憶漢月一調　清平樂二調
應天長二調　涼州令一調
南鄉子二調　鵲橋仙一調

芳草渡一調　□□□一調
更漏子一調　摸魚兒一調
少年遊三調　行香子一調
鷓鴣天一調

六一詞目錄終

六一詞

宋　歐陽修

採桑子

輕舟短棹西湖好綠水逶迤芳草長隄隱隱笙歌處處隨　無風水面琉璃滑不覺船移微動漣漪驚起沙禽掠岸飛

又

春深雨過西湖好百卉爭妍蝶亂蜂喧晴日催花暖欲然　蘭橈畫舸悠悠去疑是神仙返照波間水闊風高颺管絃

又

畫船載酒西湖好急管繁絃玉盞催傳穩泛平波任醉眠　行雲卻在行舟下空水澄鮮俯仰留連疑是湖中別有天

又

羣芳過後西湖好狼籍殘紅飛絮濛濛垂柳闌干盡日風　笙歌散盡遊人去始覺春空垂下簾櫳雙燕歸來細雨中

又

何人解賞西湖好佳景無時飛蓋相追貪向花間醉玉卮　誰知閒凭闌干處芳草斜暉水遠煙微一點滄洲白鷺飛

又

清明上巳西湖好滿目繁華爭道誰家綠柳朱輪走鈿車　遊人日暮相將去醒醉諠譁路轉隄斜直到城頭總是花

又

荷花開後西湖好載酒來時不用旌旗前後紅幢綠蓋隨　畫船撑入花深處香泛金卮煙雨微微一片笙歌醉裏歸

又

天容水色西湖好雲物俱鮮鷗鷺閒眠應慣尋常聽管絃　風清月白偏宜夜一片瓊田誰羨驂鸞人在舟中便是仙

又

殘霞夕照西湖好花塢蘋汀十頃波平野岸無人舟自橫　西南月上浮雲散軒檻涼生蓮芰香清水面風來酒面醒

又

平生爲愛西湖好來擁朱輪富貴浮雲俯仰流年二十春　歸來恰似遼東鶴城郭人民觸目皆新誰識當年舊主人

又

畫樓鐘動君休唱往事無蹤聚散匆匆今日歡娛幾

客同　去年綠鬢今年白不覺衰容明月清風把酒何人憶謝公

又

十年一別流光速白首相逢莫話衰翁但鬬尊前語笑同　勸君滿酌君須醉盡日從容畫鷁牽風即去朝天沃舜聰

又

十年前是尊前客月白風清憂患凋零老去光陰速可驚　鬢華雖改心無改試把金觥舊曲重聽猶似當年醉裏聲

朝中措 平山堂

平山闌檻倚晴空山色有無中手種堂前垂柳別來幾度春風　文章太守揮毫萬字一飲千鍾行樂直須年少尊前看取衰翁

歸自謠 並載陽春錄名歸國謠

何處笛深夜夢回情脈脈竹風簷雨寒窗隔　離人幾歲無消息今頭白不眠特地重相憶

又

春豔豔江上晚山三四點柳絲如翦花如染　香閨寂寂門半掩愁眉斂淚珠滴破胭脂臉

又

寒水碧水上何人吹玉笛扁舟遠送瀟湘客　蘆花

千里霜月白傷行色來朝便是關山隔

去

長相思 舊刻四首攷深畫眉淺畫眉一首花閒集刻白樂天尊前集刻唐無名氏今删

蘋滿溪柳繞隄相送行人溪水西回時隴月低　煙霏霏風淒淒重倚朱門聽馬嘶寒鷗相對飛

又

花似伊柳似伊花柳青春人別離低頭雙淚垂　長江東長江西兩岸鴛鴦兩處飛相逢知幾時

又

深花枝淺花枝深淺花枝相並時花枝難似伊　玉如肌柳如眉愛著鵝黃金縷衣啼妝更為誰

訴衷情 或刻山谷但清晨簾幕作珠簾繡幕易成傷作恨難忘擬歌作未歌

清晨簾幕卷輕霜呵手試梅妝都緣自有離恨故畫作遠山長　思往事惜流芳易成傷擬歌先斂欲笑還顰最斷人腸

踏莎行

候館梅殘溪橋柳細草熏風暖搖征轡離愁漸遠漸無窮迢迢不斷如春水　寸寸柔腸盈盈粉淚樓高莫近危闌倚平蕪盡處是春山行人更在春山外

又

雨霽風光春分天氣千花百卉爭明媚畫梁新燕一雙雙玉籠鸚鵡愁孤睡　薜荔依牆莓苔滿地青樓

幾處歌聲麗驀然舊事上心來無言斂皺眉山翠

望江南

江南蝶斜日一雙雙身似何郎全傅粉心如韓壽愛偷香天賦與輕狂　微雨後薄翅膩煙光纔伴遊蜂來小院又隨飛絮過東牆長是爲花忙

減字木蘭花

留春不住燕老鶯慵無覓處說似殘春一老應無卻少人　風和月好辦得黃金須買笑愛惜芳時莫待無花空折枝

又

傷懷離抱天若有情天亦老此意如何細似輕絲渺

似波　扁舟岸側楓葉荻花秋索索細想前歡須著人間比夢間

又

樓臺向曉淡月低雲天氣好翠幕風微宛轉梁州入破時　香生舞袂楚女腰肢天與細汗粉重勻酒後輕寒不著人

又

畫堂雅宴一抹朱絃初入遍慢撚輕籠玉指纖纖嫩剝蔥　撥頭惚利怨月愁花無限意紅粉輕盈倚暖香檀曲未成

又

歌檀斂袂繚繞雕梁塵暗起柔潤清圓百琲明珠一綫穿　櫻脣玉齒天上仙音心下事留住行雲滿坐迷魂酒半醺

生查子 或刻秦少游

去年元夜時花市燈如晝月到柳梢頭人約黃昏後　今年元夜時月與燈依舊不見去年人淚滿春衫袖

又 或刻張子野

含羞整翠鬟得意頻相顧雁柱十三絃一一春鶯語　嬌雲容易飛夢斷知何處深院鎖黃昏陣陣芭蕉雨

瑞鷓鴣

楚王臺上一神仙眼色相看意已傳見了又休還似夢坐來雖近遠如天　隴禽有恨猶能說江月無情也解圓更被春風送惆悵落花飛絮兩翩翩

阮郎歸

東風臨水日啣山春來長是閑落花狼籍酒闌珊笙歌醉夢閒　春睡覺晚妝殘無人整翠鬟留連光景惜朱顏黃昏獨倚闌

又 或刻晏同叔

南園春早踏青時風和聞馬嘶青梅如豆柳如眉日長蝴蝶飛　花露重草煙低人家簾幕垂鞦韆慵困

解羅衣畫梁雙燕棲

又 上三闋並載陽春集名醉桃源

角聲吹斷隴梅枝孤窗月影低塞鴻無限欲驚飛城烏休夜啼　尋斷夢掩深閨行人去路迷門前楊柳綠陰齊何時聞馬嘶

又

劉郎何日是來時無心雲勝伊行雲猶解傍山扉郎行去不歸　強勻畫又芳菲春深輕薄衣桃花無語伴相思陰陰月上時

又

落花浮水樹臨池年前心眼期見來無事去還思而

今花又飛　淺螺黛淡燕脂閒妝取次宜隔簾風雨閉門時此情風月知

蝶戀花 舊刻二十二首攷遙夜亭皐閒信步是李中主作六曲闌干偎碧樹又簾幕風輕雙語燕俱見珠玉詞獨倚危樓風細細又簾下清歌簾外晏俱見樂章集今俱刪去

簾幕東風寒料峭雪裏梅香先報春來早紅蠟枝頭雙燕小金刀翦綵呈纖巧　旋暖金爐熏蕙藻酒入橫波困不禁煩惱繡被五更春睡好羅幃不覺紗窗曉

又

南雁依稀回側陣雪霽牆陰徧覺蘭芽嫩中夜夢餘消洒困鑪香捲穗燈生暈　急景流年都一瞬往事

前權未免縈方寸臘後花期知漸近東風已作寒梅
信

又

臘雪初消梅蕊綻梅雪相和喜鵲穿花囀睡起夕陽
迷醉眼新愁長向東風亂　瘦覺玉肌羅帶緩紅杏
梢頭二月春猶淺望極不來芳信斷音書縱有爭如
見

又

海燕雙來歸畫棟簾影無風花影頻移動半醉騰騰
春睡重綠鬟堆枕香雲擁　翠被雙盤金縷鳳憶得
前春有箇人人共花裏黃鶯時一弄日斜驚起相思
夢

又

面旋落花風蕩漾柳重煙深雪絮飛來往雨後輕寒
猶未放春愁酒病成惆悵　枕畔屏山圍碧浪翠被
華燈夜夜空相向寂寞起來褰繡幌月明正在梨花
上

又　一見陽春錄易安李氏稱是六一詞

庭院深深深幾許楊柳堆煙簾幕無重數玉勒雕鞍
遊冶處樓高不見章臺路　雨橫風狂三月暮門掩
黃昏無計留春住淚眼問花花不語亂紅飛過鞦韆
去

又

永日環隄乘綵舫煙草蕭疎恰似晴江上水浸碧天風皺浪菱花荇蔓隨雙槳　紅粉佳人翻麗唱驚起鴛鴦兩兩飛相向且把金尊傾美釀休思往事成惆悵

又

越女採蓮秋水畔窄袖輕羅暗露雙金釧照影摘花花似面芳心只共絲爭亂　鸂鶒灘頭風浪晚霧重煙輕不見來時伴隱隱歌聲歸棹遠離愁引著江南岸

又

水浸秋天風皺浪縹緲仙舟只似秋天上和露採蓮愁一餉看花卻是啼妝樣　折得蓮莖絲未放蓮斷絲牽特地成惆悵歸棹莫愁花蕩漾江頭有箇人相望

又　一刻同叔　一刻子瞻

梨葉初紅蟬韻歇銀漢風高玉管聲淒切枕簟乍涼銅漏徹誰教社燕輕離別　草際蟲吟秋露結宿酒醒來不記歸時節多少衷腸猶未說珠簾夜夜朦朧月

又　亦載陽春錄

誰道閒情拋棄久每到春來惆悵還依舊日日花前

常病酒不辭鏡裏朱顔瘦　河畔青蕪隄上柳爲問新愁何事年年有獨立小橋風滿袖平林新月人歸後

又

翠苑紅芳晴滿目綺席流鶯上下長相逐紫陌閒隨金轆轤馬蹄踏徧春郊綠　一覺年華春夢促往事悠悠百種尋思足煙雨滿樓山斷續人閒倚徧闌干曲

又

小院深深門掩亞寂寞珠簾畫閣重重下欲近禁煙微雨罷綠楊深處鞦韆挂　傅粉狂遊猶未捨不念

芳時眉黛無人畫薄倖未歸春去也杏花零落香紅謝

又 亦載陽春錄

幾日行雲何處去忘了歸來不道春將暮百草千花寒食路香車繫在誰家樹　淚眼倚樓頻獨語雙燕來時陌上相逢否撩亂春愁如柳絮依依夢裏無尋處

又

欲過清明煙雨細小檻臨窗點點殘花墜梁燕語多驚曉睡銀屏一半堆香被　新歲風光如舊歲所恨征輪漸漸程迢遞縱有遠情難寫寄何妨解有相思

淚

又

畫閣歸來春又晚燕子雙飛柳軟桃花淺細雨滿天風滿院愁眉斂盡無人見 獨倚闌干心緒亂芳草芊綿向憶江南岸風月無情人暗換舊遊如夢空腸斷

又

嘗愛西湖春色早臘雪方銷已見桃開小頃刻光陰都過了如今綠暗紅英少 且趁餘花謀一笑況有笙歌豔態相縈繞老去風情應不到憑君剩把芳尊倒

漁家傲 舊刻三十二首攷幽蘭漫來窺品格又楚國細腰元自瘦俱晏元獻公作今刪去

一派潺湲流碧漲新亭四面山相向翠竹嶺頭明月上迷俯仰月輪正在泉中漾 更待高秋天氣爽菊花香裏開新釀酒美賓嘉眞勝賞紅粉唱山深分外歌聲響

又

十月小春梅蕊綻紅爐畫閣新裝偏錦帳美人貪睡暖羞起晚玉壺一夜冰澌滿 樓上四垂簾不卷天寒山色偏宜遠風急鴈行吹字斷紅日短江天雪意雲撩亂

又與趙康靖公

四紀才名天下重三朝構廈爲梁棟定册功成身退勇辭榮寵歸來白首笙歌擁　顧我薄才無可用君恩近許歸田壠今日一觴難得共聊對捧官奴爲我高歌送

又

暖日遲遲花裊裊人將紅粉爭花好花不能言惟解笑金壺倒花開未老人年少　車馬九門來擾擾行人莫羨長安道丹禁漏聲衢鼓報催昏曉長安城裏人先老

又

紅粉牆頭花幾樹落花片片和鶯絮牆外有樓花有主尋花去隔牆遥見鞦韆侶　緑索紅旗雙彩柱行人只得偷回顧腸斷樓南金鎖戸天欲暮流鶯飛到鞦韆處

又

妾本錢塘蘇小妹芙蓉花共門相對昨日爲逢青傘蓋慵不採今朝斗覺凋零䫂　愁倚畫樓無計奈亂紅飄過秋塘外料得明年秋色在香可愛其如鏡裏花顔改

又

花底忽聞敲兩槳逡巡女伴來尋訪酒盞旋將荷葉

當蓮舟蕩時時盞裏生紅淚　花氣酒香清厮釀花腮酒面紅相向醉倚綠陰眠一餉驚起望船頭閣在沙灘上

又

葉有清風花有露葉籠花罩鴛鴦侶白錦頂絲紅錦羽蓮女妬驚飛不許長相聚　日脚沈紅天色暮清涼傘上微微雨早是水寒無宿處須回步枉教雨裏分飛去

又

荷葉田田青照水孤舟挽在花陰底昨夜蕭蕭疎雨墜愁不寐朝來又覺西風起　雨擺風搖金蘂碎合

歡枝上香房翠蓮子與人長厮類無好意年年苦在中心裏

又

葉重如將青玉亞花輕疑是紅綃掛顏色清新香脫灑堪長價牡丹怎得稱王者　雨筆露牋勻彩畫日爐風炭熏蘭麝天與多情絲一把誰厮惹千條萬縷縈心下

又　一刻同叔

粉蕊丹青描不得金針線線功難敵誰傍暗香輕採摘風淅淅船頭觸散雙鸂鶒　夜雨染成天水碧朝陽借出胭脂色欲落又開人共惜秋氣逼盤中已見

新荷葯

又

喜鵲塡河仙浪淺雲軿早在星橋畔街鼓黃昏霞尾暗炎光斂金鉤側倒天西面　一別經年今始見新歡往恨知何限天上佳期貪眷戀良宵短人間不合催銀箭

又

乞巧樓頭雲幔捲浮花催洗嚴妝面花上蛛絲尋得徧颦笑淺雙眸望月牽紅線　奕奕天河光不斷有人正在長生殿暗付金釵清夜半千秋願年年此會長相見

又

別恨長長歡計短疎鐘促漏眞堪怨此會此情都未半星初轉鸞琴鳳樂匆匆卷　河鼓無言西北盼香蛾有恨東南遠脈脈橫波珠淚滿歸心亂離腸便逐星橋斷

又

九日歡遊何處好黃花萬蕊雕闌繞通體清香無俗調天氣好煙滋露結功多少　日腳淸寒高下照寶釘密綴圓斜小落葉西園風嫋嫋催秋老叢邊莫厭金尊倒

又

青女霜前催得綻金鈿亂散枝頭徧落梢臺高開雅宴芳尊滿挼花吹在酒霞面　桃李三春雖可羡鶯來蝶去芳心亂爭似仙潭秋水岸香不斷年年自作茱萸伴

又

露裛嬌黃風擺翠人間晚秀非無意仙格淡妝天與麗誰可比女真裝束真相似　筵上佳人牽翠袂纖纖玉手挼新蘂美酒一杯花影膩邀客醉紅瓊共作熏熏媚

又

對酒當歌勞客勸惜花只惜年華晚寒豔冷香秋不管情眷眷凭闌盡日愁無限　思抱芳期隨塞雁悔無深意傳雙燕悵望一枝難寄遠人不見樓頭望斷相思眼

又 以下元刻續添次玉樓春後

正月斗杓初轉勢金刀剪綵功夫異稱慶高堂歡幼稚看柳意偏從東面春風至　十四新蟾圓尚未樓前乍看紅燈試冰散綠池泉細細魚欲戲園林已是花天氣

又

二月春耕昌杏密百花次第爭先出惟有海棠梨第一深淺拂天生紅粉真無匹　畫棟歸來巢未失雙

雙款語憐飛乙留客醉花迎曉日金盞溢卻憂風雨飄零疾

又

三月清明天婉娩晴川祓禊歸來晚况是踏青來處遠猶不倦鞦韆別閉深庭院　更值牡丹開欲徧酴醾壓架清香散花底一尊誰解勸增眷戀東風向晚無情絆

又

四月園林春去後深深密幄陰初茂折得花枝猶在手香滿袖葉間梅子青如豆　風雨時時添氣候成行新筍霜筠厚題就送春詩幾首聊對酒櫻桃色照

銀盤溜

又

五月榴花妖豔烘綠楊帶雨垂垂重五色新詩纏角糉金盤送生綃畫扇盤雙鳳　正是浴蘭時節動菖蒲酒美清尊共葉裏黃鸝時一弄猶鬖髿等閒驚破紗窗夢

又

六月炎天時霎雨行雲涌出奇峯露沼上嫩蓮腰束素風兼露粱王宮闕無煩暑　畏日亭亭殘蕙炷傍簾乳燕雙飛去碧盌敲冰傾玉處朝與暮故人風快涼輕度

又

七月新秋風露早渚蓮尙折庭梧老是處瓜華時節好金尊倒人間綵縷爭祈巧　萬葉敲聲涼乍到百蟲啼晚煙如埽箭漏初長天杳杳人語悄那堪夜雨催清曉

又

八月秋高風歷亂衰蘭敗芷紅蓮岸皓月十分光正滿清光畔年年常願瓊筵看　社近愁看歸去燕江天空闊雲容漫宋玉當時情不淺成幽怨鄉關千里危腸斷

又

九月霜秋秋已盡烘林敗葉紅相映惟有東籬黃菊盛遺金粉人家簾幕重陽近　曉日陰陰晴未定授衣時節輕寒嫩新雁一聲風又到雲欲凝雁來應有吾鄉信

又 重前畧異仍舊竝刻

十月小春梅蘂綻紅樓畫閣新妝徧鴛帳美人貪睡暖梳洗嬾玉壺一夜輕澌滿　樓上四垂簾不捲天寒山色偏宜遠風急雁行吹字斷紅日晚江天雪意雲撩亂

又

十一月新陽排壽宴黃鍾應管添宮線獵獵寒威雲

不捲風頭轉時看雪霰吹人面 南至迎長知漏箭書雲紀候冰生硯臘近探春春尚遠閒亭院梅花落盡千千片

又

十二月嚴凝天地閉莫嫌臺榭無花卉惟有酒能欺雪意增豪氣直教耳熱笙歌沸 隴上雕鞍惟數騎獵圍半合新霜裏霜重鼓聲寒不起千人指馬前一雁寒空墜

玉樓春

風遲日媚煙光好綠樹依依芳意早年華容易即凋零春色只宜長恨少 池塘隱隱驚雷曉柳眼未開

梅蕚小尊前貪愛物華新不道物新人漸老

又

西亭飲散清歌闋花外遲遲宮漏發塗金燭引紫騮嘶柳曲西頭歸路別 佳辰只恐幽期闊密贈殷勤衣上結翠屏魂夢莫相尋禁斷六街清夜月

又

春山斂黛低歌扇暫解吳鉤登祖宴畫樓鐘動已魂銷何況馬嘶芳草岸 青門柳色隨人遠望欲斷時腸已斷洛陽春色待君來莫到落花飛似霰

又

尊前擬把歸期說未語春容先慘咽人生自是有情

又

西湖南北煙波闊風裏絲簧聲韻咽舞餘裙帶綠雙垂酒入香腮紅一抹　杯深不覺瑠璃滑貪看六么花十八明朝車馬各東西惆悵畫橋風與月

又

燕鴻過後春歸去細算浮生千萬緒來如春夢幾多時去似朝雲無覓處　聞琴解珮神仙侶挽斷羅衣留不住勸君莫作獨醒人爛醉花間應有數

又

蝶飛芳草花飛路把酒已嗟春色暮當時枝上落殘花今日水流何處去　樓前獨繞鳴蟬樹憶把芳條

吹暖絮紅蓮綠芰亦芳菲不柰金風兼玉露

又

別後不知君遠近觸目淒涼多少悶漸行漸遠漸無書水闊魚沉何處問　夜深風竹敲秋韻萬葉千聲皆是恨故欹單枕夢中尋夢又不成燈又燼

又

紅條約束瓊肌穩拍碎香檀催急袞隴頭嗚咽水聲繁葉下間關鶯語近　美人才子傳芳信明月清風傷別恨未知何處有知音常爲此情留此恨

又

檀槽碎響金絲撥露溼潯陽江上月不知商婦爲誰

愁一曲行人留夜發　畫堂花月新聲別紅藥調長
彈未徹暗將深意祝膠弦惟願弦弦無斷絶

又

春葱指甲輕攏撚五彩垂絛雙袖捲雪香濃透紫檀
槽胡語急隨紅玉腕　當頭一曲情何限入破錚鏦
金鳳戰百分芳酒祝長春再拜斂容擡粉面

又

金花盞面紅煙透舞急香茵隨步皺青春才子有新
詞紅粉佳人重勸酒　也知自爲傷春瘦歸騎休交
銀燭候擬將沈醉爲清歡無奈醒來還感舊

又

雪雲乍變春雲簇漸覺年華堪送目北枝梅蘂犯寒
開南浦波紋如酒綠　芳菲次第還相續不奈情多
無處足尊前百計得春歸莫爲傷春歌黛蹙

又 柳

黃金弄色輕於粉濯濯春條如水嫩爲緣力薄未禁
風不奈多嬌長似困　腰柔乍怯人相近眉小未知
春有恨勸君著意惜芳菲莫待行人攀折盡

又

珠簾半下香銷印二月東風催柳信琵琶旁畔且尋
思鸚鵡前頭休借問　驚鴻過後生離恨紅日長時
添酒困未知心在阿誰邊滿眼淚珠言不盡

又

沈沈庭院鶯吟弄日暖煙和春氣重綠楊嬌眼爲誰
回芳草深心空自動　倚闌無語傷離鳳一片風情
無處用尋思還有舊家心蝴蝶時時來役夢

又

去時梅蕚初凝粉不覺小桃風力損梨花最晚又凋
零何事歸期無定準　闌干倚偏重來凭淚粉偷將
紅袖印蜘蛛喜鵲誤人多似此無憑安足信

又

酒美春濃花世界得意人人千萬態莫教辜負豔陽
天過了堆金何處買　已去少年無計奈且願芳心
長恁在閒愁一點上心來算得東風吹不解

又

湖邊柳外樓高處望斷雲山多少路闌干倚偏使人
愁又是天涯初日暮　輕無管繫狂無數水畔花飛
風裏絮算伊渾似薄情郎去便不來來便去

又

南園粉蝶能無數度翠穿紅來復去倡條冶葉恣留
連飄蕩輕于花上絮　朱闌夜夜風兼露宿粉棲香
無定所多情翻卻似無情贏得百花無限妬

又　子規

江南三月春光老月落禽啼春未曉露和啼血染花

紅恨過千家煙樹杪　雲垂玉枕屏山小夢欲成時驚覺了人心應不似伊心若解思歸歸合早

又

東風本是開花信及至花時風更緊吹開吹謝苦匆匆春意到頭無處問　把酒臨風千萬恨欲掃殘紅猶未忍夜來風雨轉離披滿眼淒涼愁不盡

又

陰陰樹色籠晴晝清淡園林春過後杏腮輕粉日催紅池面綠羅風捲皺　佳人向晚新妝就圓膩歌喉珠欲溜當筵莫放酒杯遲樂事良辰難入手

又

芙蓉鬬暈胭脂淺留著晚花開小宴畫船紅日晚風清柳色溪光晴照暖　美人爭勸梨花盞舞困玉腰裙縷慢莫交銀燭促歸期已祝斜陽休更晚

南歌子

鳳髻金泥帶龍紋玉掌梳走來窗下笑相扶愛道畫眉深淺入時無　弄筆偎人久描花試手初等閒妨了繡功夫笑問雙鴛鴦字怎生書

御街行

天非華豔輕非霧來夜半天明去來如春夢不多時去似朝雲何處乳雞酒燕落星沉月紞紞城頭鼓參差漸辨西池樹朱閣斜欹戶綠苔深徑少人行苔

上屐痕無數遺香餘粉剩衾閒枕天把多情賦

虞美人影

梅梢弄粉香猶嫩欲寄江南春信別後寸腸縈損說與伊爭穩　小爐獨守寒灰燼忍淚低頭畫盡眉上萬重新恨竟日無人問

又

鶯愁燕苦春歸去寂寂花飄紅雨碧草綠楊岐路況是長亭暮　少年行客情難訴泣對東風無語目斷兩三煙樹翠隔江淹浦

臨江仙

柳外輕雷池上雨雨聲滴碎荷聲小樓西角斷虹明闌干倚處待得月華生　燕子飛來窺畫棟玉鉤垂下簾旌涼波不動簟紋平水精雙枕旁有墮釵橫

又

記得金鑾同唱第春風上國繁華如今薄宦老天涯十年岐路空負曲江花　聞說閬山通閬苑樓高不見君家孤城寒日等閒斜離愁難盡紅樹遠連霞

聖無憂

世路風波險十年一別須臾人生聚散長如此相見且歡娛　好酒能消光景春風不染髭鬚為公一醉花前倒紅袖莫來扶

浪淘沙

把酒祝東風且共從容垂楊紫陌洛城東總是當時攜手處遊徧芳叢　聚散苦匆匆此恨無窮今年花勝去年紅可惜明年花更好知與誰同

又

花外倒金翹飲散無憀柔桑蔽日柳迷條此地年時曾一醉還是春朝　今日舉輕橈帆影飄飄長亭回首短亭遙過盡長亭人更遠特地魂銷

又

五嶺麥秋殘荔子初丹絳紗囊裏水晶丸可惜天教生處遠不近長安　往事憶開元妃子偏憐一從魂散馬嵬關只有紅塵迷驛使滿眼驪山

又

萬恨苦綿綿舊約前歡桃花溪畔柳陰間幾度日高春睡重繡戶深關　樓外斜陽閒獨自憑闌一重水隔一重山水闊山高人不見有淚無言

又

今日北池遊漾漾輕舟波光瀲灩柳條柔如此春來春又去白了人頭　好妓好歌喉不醉難休勸君滿滿酌金甌總使花時常病酒也是風流

定風流

把酒花前欲問他對花何恡醉顏酡春到幾人能爛嘖何況無情風雨等閒多　豔樹香叢都幾許朝暮

惜紅愁粉奈情何好是金船浮玉浪相向十分深送

一聲歌

又

把酒花前欲問伊忍嫌金盞負春時紅豔不能旬日

看宜算須知開謝只相隨　蝶去蝶來猶解戀難見

回頭還是度年期莫候飲闌花已盡方信無人堪與

補殘枝

又

把酒花前欲問公對花何事訴金鍾為甚去年春甚

處虛度鶯聲撩亂一場空　今歲春來須愛惜難得

須知花面不長紅待得酒醒君不見千片不隨流水

卽隨風

又

把酒花前欲問君世間何計可留春縱使青春留得

住虛語無情花對有情人　任是好花須落去自古

紅顏能得幾時新暗想浮生何事好唯有清歌一曲

倒金尊

又

過盡韶華不可添小樓紅日下層簷春睡覺來情緒

惡寂寞楊花撩亂拂珠簾　早是閒愁依舊在無奈

那堪更被宿醒兼把酒送春惆悵甚長恁年年三月

病懨懨

又

對酒追歡莫負春春光歸去可饒人昨日紅芳今綠樹已暮殘花飛絮兩紛紛　粉面麗姝歌窈窕清妙尊前信任醉醺醺不是狂心貪燕樂自覺年來白髮滿頭新

驀山溪

新正初破三五銀蟾滿纖手染香羅剪紅蓮滿城開徧樓臺上下歌管咽春風駕香輪停寶馬只待金烏晚　帝城今夜羅綺誰為伴應卜紫姑神問歸期相思望斷天涯情緒對酒且開顏春宵短春寒淺莫待金杯暖

浣溪沙

雲曳香綿彩柱高絳旗風颭出花梢一梭紅帶往來拋　束素美人羞不打卻嫌裙慢褪纖腰日斜深院影空搖

又

隄上遊人逐畫船拍隄春水四垂天綠楊樓外出鞦韆　白髮戴花君莫笑六么催拍盞頻傳人生何處似尊前

又

湖上朱橋響畫輪溶溶春水浸春雲碧瑠璃滑淨無塵　當路遊絲縈醉客隔花啼鳥喚行人日斜歸去

又

[illegible]

又

[illegible]

六一

金[illegible]

[illegible]

又

奈何春

又

葉底青青杏子垂枝頭薄薄柳綿飛日高深院晚鶯啼　堪恨風流成薄倖斷無消息道歸期托腮無語翠眉低

又　或入珠玉詞　或入淮海詞

青杏園林煮酒香佳人初試薄羅裳柳絲搖曳燕飛忙　乍雨乍晴花自落閒愁閒悶晝偏長為誰消瘦損容光

又

紅粉佳人白玉杯木蘭船穩棹歌催綠荷風裏笑聲來　細雨輕煙籠草樹斜橋曲水繞樓臺夕陽高處畫屏開

又

翠袖嬌鬟舞石州兩行紅粉一時羞新聲難逐管絃愁　白髮主人年未老清時賢相望偏優一尊風月為公留

又

燈燼垂花月似霜薄簾映月兩交光酒醺紅粉自生香　雙手舞餘拖翠袖一聲歌已釂金觴休回嬌眼斷人腸

又

十載相逢酒一卮故人纔見便開眉老來遊舊更同誰　浮世歌歡真易失宦途離合信難期尊前莫惜醉如泥

御帶花

青春何處風光好帝里偏愛元夕萬重繒綵構一屏峰嶺半空金碧寶檠銀釭耀絳幕龍虎騰擲沙隄遠雕輪繡轂爭走五王宅　雍容熙熙作畫會樂府神姬海洞仙客拽香搖翠稱執手行歌錦街天陌月淡寒輕漸向曉漏聲寂寂當年少狂心未已不醉怎歸得

虞美人

爐香晝永龍煙白風動金鸞額畫屏寒掩小山川睡容初起枕痕圓墜花鈿　樓高不及煙霄半望盡相思眼豔陽剛愛挫愁人故生芳草碧連雲怨王孫

鶴沖天

梅謝粉柳拖金香滿舊園林養花天氣半晴陰花好卻愁深　花無數愁無數花好卻愁春去戴花持酒祝東風千萬莫匆匆

夜行船

憶昔西都歡縱自別後有誰能共伊川山水洛川花細尋思舊遊如夢　記今日相逢情愈重愁聞唱畫樓鐘動白髮天涯逢此景倒金尊殢誰相送

又

滿眼東風飛絮催行色短亭春暮落花流水草連雲看看是斷腸南浦　檀板未終人去去扁舟在綠楊深處手把金尊難爲別更那聽亂鶯疎雨

洛陽春

紅紗未曉黃鸝語蕙爐銷蘭炷錦屏羅幕護春寒昨夜三更雨　繡簾閒倚吹輕絮斂眉山無緒看花拭淚向歸鴻問來處逢郎否

一叢花 向誤張子野

傷春懷遠幾時窮無物似情濃離愁正恁牽絲亂更南陌飛絮濛濛歸騎漸遙征塵不斷何處認郎蹤

雙鴛池沼水溶溶南北小橋通梯橫畫閣黃昏後又還是新月簾櫳沈恨細思不如桃李還解嫁春風

雨中花

千古都門行路能使離歌聲苦送盡行人花殘春晚又到君東去　醉藉落花吹暖絮多少曲隄芳樹且攜手留連良辰美景留作相思處

千秋歲

數聲鶗鴂又報芳菲歇惜春更把殘紅折雨輕風色暴梅子青時節永豐柳無人盡日花飛雪　莫把絲絃撥怨極絃能說天不老情難絕心似雙絲網終有千千結夜過也東窗未白殘燈滅

越溪春

三月十三寒食日春色偏天涯越溪閬苑繁華地傍禁垣珠翠煙霞紅粉牆頭鞦韆影裏臨水人家　歸來晚駐香車銀箭透窗紗有時三點兩點雨霽朱門柳細風斜沈麝不燒金鴨冷籠月照梨花

賀聖朝影

白雪梨花紅粉桃露華高垂楊慢舞綠絲條草如袍風過小池輕浪起似江皐千金莫惜買香醪且陶陶

洞天春

鶯啼綠樹聲早檻外殘紅未掃露點真珠徧芳草正簾幃清曉　鞦韆宅院悄悄又是清明過了燕蝶輕狂柳絲撩亂春心多少

憶漢月

紅豔幾枝輕裊新被東風開了倚煙啼露為誰嬌故惹蝶憐蜂惱　多情遊賞處留戀向綠叢千繞酒闌歡罷不成歸腸斷月斜春老

清平樂

雨晴煙晚綠水新池滿雙燕飛來垂柳院小閣畫簾高捲　黃昏獨倚朱闌西南初月眉彎砌下落花風起羅衣特地春寒

又

小庭春老碧砌紅萱草長憶小闌閒共繞攜手綠叢含笑　別來音信全乖舊期前事堪猜門掩日斜人靜落花愁點青苔

應天長 舊刻三首攷綠槐陰裏黃鸝語花間集刻韋莊今刪去

一彎初月臨鸞鏡雲鬢鳳釵慵不整珠簾淨重樓迥惆悵落花風不定　綠煙低柳徑何處轆轤金井昨夜更闌酒醒春愁勝卻病

又

石城山下桃花綻宿雨初晴雲未散南去棹北飛雁水闊山遙腸欲斷　倚樓情緒嬾惆悵春心無限燕度蒹葭風晚欲歸愁滿面

涼州令 東堂石榴

翠樹芳條颭的的裙腰初染佳人攜手弄芳菲綠陰紅影共展雙紋簟插花照影窺鸞鑑只恐芳容減不堪零落春晚青苔雨後深紅點　一去門閒掩重來卻尋朱檻離離秋實弄輕霜嬌紅脈脈似見胭脂臉人非事往眉空斂誰把佳期賺芳心只願長依舊春風更放明年豔

南鄉子

翠密紅繁水國涼生未是寒雨打荷花珠不定輕翻冷潑鴛鴦錦翅斑　盡日凭闌弄蘂拈花仔細看偷得馬蹄新鑄樣無端藏在紅房豔粉間

又

雨後斜陽細細風來細細香風定波平花映水休藏照出輕盈半面妝　路隔秋江蓮子深深隱翠房意在蓮心無問處難忘淚裏紅腮不記行

鵲橋仙

月波清霽煙容明淡靈漢舊期還至鵲迎橋路接天津映夾岸星榆點綴　雲屏未捲仙雞催曉腸斷去年情味多應天意不交長恁恐把歡娛容易

芳草渡

梧桐落蓼花秋煙初冷雨纔收蕭條風物正堪愁人去後多少恨在心頭　燕鴻遠羌笛怨渺渺澄波一

片山如黛月如鉤笙歌散夢魂斷倚高樓

□□□

珠簾捲暮雲愁垂楊暗鎖青樓煙雨濛濛如畫輕風吹旋收　香斷錦屏新別人閒玉簟初秋多少舊歡新恨書杳杳夢悠悠

更漏子

風帶寒枝正好蘭蕙無端先老情悄悄夢依依離人殊未歸　褰羅幕凭朱閣不獨堪悲搖落月東出雁南飛誰家夜擣衣

摸魚兒

捲繡簾梧桐秋院落一霎雨添新綠對小池閒立殘

妝淺向晚水紋如縠凝遠目恨人去寂寂鳳枕孤難宿倚闌不足看燕拂風簷蝶翻露草兩兩長相逐雙眉促可惜年華婉娩西風初弄庭菊況伊家年少多情未已難拘束那堪更趁涼景追尋甚處垂楊曲佳期過盡但不說歸來多應忘了雲屏去時祝

少年遊

去年秋晚此園中攜手翫芳叢拈花嗅蕊惱煙撩霧拚醉倚西風　今年重對芳叢處追往事又成空敲徧闌干向人無語惆悵滿枝紅

又

肉紅圓樣淺心黃枝上巧如裝雨輕煙重無慘天氣啼破曉來妝　寒輕貼體風頭冷忍抛棄向秋光不會深心爲誰惆悵回面恨斜陽

又

玉壺冰瑩獸爐灰人起繡簾開春叢一夜六花開盡不待翦刀催　洛陽城闕中天起高下徧樓臺絮亂風輕拂鞍霑袖歸路似章街

行香子

舞雪歌雲閑淡妝勻藍溪水染輕裙酒香醺臉粉色生春更雅談話好情性美精神　空江不斷淩波何處向越橋邊靑柳朱門斷鐘殘角又送黃昏奈眼中淚心中事意中人

鷓鴣天

學畫宮眉細細長芙蓉出水鬬新妝只知一笑能傾國不信相看有斷腸　雙黃鵠兩鴛鴦迢迢雲水恨難忘早知今日長相憶不及從初莫作雙

荆公嘗對客誦永叔小闋云五綵新絲纏角糉金盤送生綃畫扇盤雙鳳曰三十年前見其全篇今才記三句乃永叔在李太尉端愿席上所作十二月鼓子詞數問人求之不可得嗚呼荆公之没二紀余自永平幕召還過武陵始得於州將李君誼追恨荆公之不獲見也誼太尉猶子也□□□□□年中秋日金陵□□□記

政和丙申冬余還自京師過歙州太守濠梁許君頌之席上見許君舉荆公所記三句且云此詞才情有餘他人不能道也後十二年建炎戊申偶得此本於長樂同宮方君後四年辛亥紹興二月朔自尤谿避盜宿龍爬以待二弟適無事謾錄于此　吏部員外郎朱松喬年

六一詞終

廬陵舊刻三卷且載樂語于首今删樂語滙爲一卷
凡他稿誤入如清商怨類一一削去誤入他稿如歸
自謠類一一注明然集中更有浮豔傷雅不似公筆
者先輩云疑以傳疑可也古虞毛晉記

图书在版编目(CIP)数据

六一词 / （宋）欧阳修著；（明）毛晋辑. —北京：
中国书店，2012.9
（中国书店藏版古籍丛刊）
ISBN 978-7-5149-0451-2

Ⅰ.①六… Ⅱ.①欧…②毛… Ⅲ.①宋词—选集
Ⅳ.①I222.844

中国版本图书馆CIP数据核字（2012）第211053号

中國書店藏版古籍叢刊

六一詞

一函一册

作者 宋·歐陽修 著 明·毛晉 輯
出版發行 中國書店
地址 北京市琉璃廠東街一一五號
郵編 一〇〇〇五〇
印刷 北京華藝齋古籍印務有限責任公司
版次 二〇一二年九月
書號 ISBN 978-7-5149-0451-2
定價 三三〇元

